CE QU'IL Y A

DANS

UN POT DE MOUTARDE

PARIS. — IMP. DE E. DONNAUD. R. CASSETTE, 9.

CE QU'IL Y A

DANS

UN POT DE MOUTARDE

PAR

UN BOURGUIGNON

Prix : 50 c.

PARIS

EN VENTE, CHEZ DENTU, LIBRAIRE
GALERIE D'ORLÉANS, PALAIS-ROYAL.

—

1875

AVANT-PROPOS.

—

Pourquoi ce livre? — Littérature épicée. — Un philosophe anglais. — Pensée de Sardanapale. —
Un aliment et un plaisir. — Les historiens de la
moutarde : Brillat-Savarin, Timothée Trimm, Alexandre Dumas. Charles Monselet, le baron Brisse.

Un livre sur la moutarde ! — vont
s'écrier les railleurs à courte vue, qui
se contentent de juger à l'étiquette
les choses et les gens, — quel inté-
rêt cela peut-il avoir ?

« Quelles lumières nouvelles vont

jaillir de cet opuscule traitant d'un condiment populaire ?

» Quelles recettes inconnues va dévoiler cette brochure parfumée d'épices?

» N'est-ce pas là, vraiment, un sujet affriolant, et le besoin s'en faisait-il sentir à ce point? A coup sûr, un livre sur la moutarde doit être d'une littérature piquante et relevée! »

Tout beau, messieurs les utilitaires et les malins esprits, il n'y a pas que les encyclopédies nécessaires en ce monde : et quelques paroles d'un homme de bon sens valent parfois autant que les compilations de certains songes-creux.

Un philosophe anglais a dit :

« Celui qui dote l'humanité d'un aliment nouveau a plus de droits aux honneurs civiques et à la reconnaissance de ses concitoyens que les plus héroïques gagneurs de batailles. »

Sardanapale, un autre philosophe couronné, récompensait splendidement l'inventeur d'un nouveau plaisir ou d'une jouissance.

N'est-il pas juste, en vertu de ces précédents, de consacrer quelques lignes à un industrieux et habile fa-

bricant, qui, s'il n'a pas doté son
pays d'un aliment nouveau, a pour-
suivi, avec autant de constance que
de bonheur, la perfection d'un produit dont la fabrication était encore
dans l'enfance il y a trente ans à
peine.

J'ai nommé M. A. Bornibus.

M. Bornibus n'a certes pas inventé
la moutarde, que le célèbre et spirituel gourmet Grimod de la Reynière
appelait : « la pierre à aiguiser l'ap-
» pétit, le digestif par excellence. »
Mais les perfectionnements qu'il a
apportés, le premier, à la manipu-

lation de ce condiment obligé de toutes les tables riches et pauvres, permettent de le proclamer un peu l'auteur de ce plaisir nouveau, de cette jouissance longtemps ignorée, que fait éprouver au gastronome l'apéritif culinaire dont je m'inspire.

Je ne serai pas, d'ailleurs, le premier historien de la moutarde.

Bien des poëtes l'ont chantée, depuis l'auteur des *Proverbes rimés* jusqu'au joyeux compère des lippées de Pantagruel.

Brillat-Savarin ne l'a pas oubliée

dans ses savantes et appétissantes dissertations.

Thimothée Trimm, si longtemps le porte-trompette de la renommée, à la première page du *Petit-Journal*, lui a fait l'honneur d'une de ses étincelantes causeries.

Le célèbre et incomparable auteur des *Mousquetaires* et de *Monte-Cristo*, Alexandre Dumas, lui a consacré un long et spirituel chapitre de son rutilant et précieux *Dictionnaire de cuisine*.

L'aimable chroniqueur et gour-

mand, poëte et gastronome, Charles
Monselet, n'a pas cru déroger du
sacerdoce qu'il remplit auprès des
Muses, en négligeant le doux miel de
l'Hymète pour chanter le comestible
indispensable à tant de sauces qu'il
recommande. Enfin le continuateur
de Carême et de Grimod de la Reynière, l'émule de Brillat-Savarin, le
fameux baron Brisse, lui a donné la
place d'honneur dans ses menus les
plus populaires.

Ce sont là, sans doute, des autorités
devant lesquelles les plus irascibles
railleurs se tiendront coi.

Et à l'abri de ces vaillants chefs de
file, je pourrai, tirailleur inexpéri-
menté, brûler aussi quelques car-
touches en l'honneur de la moutarde;
ou, pour rester mieux dans mon
sujet, gourmet curieux, essayer de
savoir ce qu'il y a dans un pot de
moutarde.

CE QU'IL Y A

DANS

UN POT DE MOUTARDE

---

§ I.

Passez au déluge. — Le premier banquet. — Le palais d'Eve. — Le bœuf d'Adam. — Milon de Cro-
tone et Trimalcion. — Le ragoût et le sénat. —
Un plat de Vitellius. — La moutarde avant l'ère
chrétienne.

C'est une vieille habitude des avocats
de remonter à la création pour chercher
des précédents favorables à leur argu-
mentation.

L'immortel poète comique, dans la farce

de *Maître Pathelin*, n'a eu garde d'oublier ce trait caractéristique.

— Passez au déluge, fait-il dire au juge impatienté.

Eh bien, malgré ce conseil, la moutarde peut se livrer à la recherche de son antiquité même dans la nuit des temps et elle trouvera victorieusement des traces de son existence antérieurement à l'arche de Noé.

Ce ne sera pas la savante préparation, alambiquée dans nos laboratoires, mais la graine de cette plante herbacée, de la famille des crucifères, le sénevé, aura proclamé son utilité avant même que l'homme lui ait donné un nom.

Quand nos premiers parents, chassés de l'Eden, durent satisfaire eux-mêmes à leur alimentation, ils prirent d'abord les fruits et les plantes ; mais c'était insuffisant à leur puissante et neuve constitution et ils sacrifièrent des animaux à leur faim.

Alors il fallut songer à un condiment dont la saveur excitante pût combattre la fadeur des chairs des victimes.

Naturellement encore l'homme chercha cet auxiliaire dans le règne végétal ; et le sénevé dut faire sa première apparition au premier banquet du premier homme.

Le palais délicat, la bouche vierge de la blonde Eve ne pouvaient que sentir plus vivement le goût fade des viandes que son ignorant compagnon devait faire rôtir en dépit de toutes les règles du *Parfait cuisinier*.

La mer était loin et par conséquent le
sel inconnu ; la moutarde apparaissait
comme le premier assaisonnement naturel.

On sait la réponse fière de ce plébéien
à un gentilhomme plein de morgue lui
demandant quelle était sa lignée.

— Je descends comme vous, répon-
dit-il, d'une des côtes d'Adam.

La moutarde pourrait, si elle était
douée de ce langage de petit chroniqueur,
que le bon La Fontaine prête aux bêtes
et aux plantes de ses fables, répondre
pareillement :

— Je descends de la première tranche
de bœuf mangée par le premier homme.

Ce ne sont que des présomptions, soit :
mais la logique ne les dément pas.

D'ailleurs que prouve cette obscurité?

Un styliste charmeur, Théophile Gauthier, disait un jour plaisamment :

— J'entends parler de progrès et de perfectibilité humaine, mais je vous le demande, que fait-on, qu'on ne fît aussi bien et mieux avant le déluge?

Il est certain que la sensualité de la bonne chère n'était pas inconnue aux fils de Japhet et à leur descendance. Or, quelle bonne chère peut exister sans sauce, et quelle sauce se peut réussir sans condiments?

Noé, que la légende biblique donne comme un amoureux du bien-vivre, à ce point que Dieu, jaloux de faire quelque chose pour ce dévoué serviteur, lui enseigna comment on plantait la vigne; Noé

1.

avait appris dans l'arche quelles res-
sources on pouvait tirer des simples et
des plantes de toutes sortes. Le sénevé
et ses propriétés lui étaient connus. Il
dut en instruire ses fils et ceux-ci, dans
leur descendance, Gomer en Gaule et
en Germanie ; Jubas en Espagne ; Tursa
en Tartarie ; No, fils de Sem, en Arabie,
etc., profitèrent des leçons de leur aïeul.

Les livres hébreux et l'Ancien Testa-
ment abondent en citations, que l'on re-
trouve dans les écrits des peuples aryens.
Sous différents noms, l'existence de la
moutarde est révélée, comme si l'on avait
prévu en ces premiers âges du monde
que le sénevé aurait un jour son historien.

Milon le Crotoniate, qui mangeait un

bœuf à son repas, a négligé de dire à ses
contemporains de combien de pincées de
sel et de poudre de moutarde il l'assai-
sonnait; Trimalcion a laissé la même
obscurité dans la rédaction de ses menus
formidables; cependant avant même que
Pline l'Ancien eût donné dans son *Histoire*
naturelle place à la moutarde, qu'il appelle
saurion, nous savons que Lucullus, Api-
cius, Vitellius et les Romains sacrifiant
aux délices de la table, employaient la
moutarde en poudre comme nous em-
ployons le poivre.

C'était, en vérité, le bon temps que cette
époque où l'on servait dans un seul plat
une truie et ses douze marcassins; où l'on
pouvait voir sur la même table deux mille
plats de poissons rares et exquis et sept

mille de différents oiseaux, tous délicieux et fort chers.

C'était l'âge d'or pour les prédécesseurs de Vatel ; alors la création d'un ragoût nouveau valait à son auteur la toge sénatoriale.

L'empereur Vitellius aurait fait des consuls pour un plat de lentilles, comme Esaü avait vendu pour le même prix son droit d'aînesse.

Et quand cet empereur se faisait apporter le fameux bouclier de Minerve plein de cervelles de paons et de faisans, de langues et de foies de phénicoptères et de scarrus, peut-on penser qu'il ignorait les épices dont l'arome et la saveur acide sont à la fois le bouquet et le goût des préparations exquises ?

Peut-on supposer que les murènes et les lamproies, engraissées avec de l'homme, se servaient sans condiments sur les tables des patriciens raffinés de la Rome déchue, dans leurs villas de Caprée et de Tibur?

Non, depuis les farouches nourrissons de la louve jusqu'aux efféminés de l'ère chrétienne, la moutarde et sa poudre hygiénique, apéritive et bienfaisante, a été le corollaire obligé des viandes crues d'abord, rôties plus tard, dévorées par les anciens maîtres du monde.

§ II.

Cuisine et politique. — Le pot de moutarde et l'empire romain. — 120 millions de victuailles. — Véfour, Potel et Chabot ahuris. — Un évanouissement providentiel. — Le vase profané. — Découverte merveilleuse. — Le Capitole et les gémonies.

Ici se place une page d'histoire burlesque et sombre : l'empire romain va crouler par la faute d'un monarque goulu et d'un maître d'hôtel de génie.

La cuisine envahit l'arène politique et un pot de moutarde sera l'instrument de cette terrible révolution.

Ce n'est pas moi qui jette pour la pre-

mière fois dans la circulation la théorie
de l'atome troublant l'harmonie des
mondes, du grain de sable faisant rouler
dans l'ornière le char du triomphateur.

La goutte d'eau qui fait déborder le
vase est ancienne comme la création.

Comme le verre d'eau répandu sur la
robe de la duchesse de Marlborough,
arme l'Angleterre et la France;

Comme le coup d'éventail du dey d'Al-
ger est le signal de la conquête de l'A-
frique;

Un pot de moutarde—sublime création
d'un favori de Vitellius — est la clef de
voûte qui fait s'écrouler l'édifice impér-
ial.

La table, on le sait, était la dominante
et l'absorbante passion de ce glouton,

qui dépensa en quatre mois plus de cent vingt millions en bonne chère. Une jolie fourchette!

Un de ses généraux, Vespasianus, s'était révolté; Vitellius avait d'abord songé à abdiquer en sa faveur, à la condition qu'on lui donnerait un coin aux environs de Rome où il pourrait se repaître et digérer en paix.

Il y eut même des pourparlers à ce sujet avec Sabinus, gouverneur de Rome, frère du rebelle.

Les courtisans s'opposèrent à ce projet, qui ruinait leurs espérances, et Vitellius s'en fut au cirque voir l'effet que produirait sur le populaire l'idée qu'il avait eue de remplacer le sable de l'arène par de la poudre d'or.

2

Le succès de cette extravagance somp-
tueuse fut du délire.

L'empereur rentra au palais enivré de
ce triomphe, et rêvant à ces fantastiques
agapes dont le récit laisse les Véfour, les
Potel et les Chabot ahuris plus encore
qu'émerveillés.

Et voici comment la moutarde, com-
parse modeste ordinairement dans ces
fêtes culinaires, s'empara tout à coup du
premier rôle et du nœud de la situation.

Une patricienne, incommodée par la
température, s'était trouvée mal; un officier du palais s'élança vers les cuisines,
réclamant un peu de vinaigre. Il prit le
premier vase de cristal qu'il trouva sous
sa main pour y verser le stimulant liquide
dont il avait besoin.

Dans ce vase était la poudre de moutarde préparée pour le somptueux festin.

Quand l'officier de bouche s'aperçut de l'incident, il était atterré. L'heure passait. Il ne fallait pas songer à réduire en poudre d'autres graines.

Il tenait dans ses mains le vase profané, en se lamentant, lorsque tout à coup son regard s'arrête sur le mélange singulier que venait de produire l'adjonction du vinaigre. Cette adjonction avait donné naissance à une sorte de corps pâteux d'un arome particulier.

Il goûte la préparation due au hasard, miracle! la saveur est exquise.

Il va, en toute hâte, faire part à l'empereur de sa merveilleuse découverte; et, dans sa joie délirante, Vitellius appelle

les préteurs et les tribuns du palais, et
ordonne que l'on rende le lendemain les
honneurs du Capitole au glorieux créateur du condiment divin.

A la même heure, des sénateurs gagnés
par Primus, lieutenant de Vespasien,
étaient réunis pour décider de l'appui
qu'ils donneraient où refuseraient au rebelle. Quand la nouvelle de ce suprême
acte de démence leur fut apportée par un
affranchi, leur espion, ils n'hésitèrent
plus.

L'armée de Primus put gagner les rem-
parts de Rome.

On vint prévenir Vitellius du danger
qui menaçait sa couronne et sa vie; mais
il s'agissait pour ce goinfre couronné de
choses autrement importantes : il discu-

tait avec son cuisinier les ingrédients qu'il convenait d'ajouter à la sauce nouvelle pour en faire un chef-d'œuvre de gourmandise.

Hélas! la découverte n'alla pas plus loin, présentement.

Les soldats de Primus étant entrés dans Rome, Vitellius quitta son palais; mais reconnu par la populace il fut entraîné vers le Tibre et égorgé, dit l'historien auquel nous empruntons ces détails, comme un pourceau engraissé.

Son cuisinier fut livré aux gémonies avec les partisans du vaincu.

2.

Le premier pas. — La panacée universelle. — Opinion
d'Hippocrate. — Un proverbe de Pythagore.
— Les Gaulois gourmands. — L'auxiliaire des
Romains. — La monarchie française. — La science
de gueule de Montaigne. — Une union mal assortie. — L'amour et la moutarde. — Les vinaigriers
de saint Louis. — Les sauces parisiennes. — Un
quatrain original.

La recette de la moutarde liquide eut
été perdue sans un vulgaire tournebro-
che qui la révéla au cuisinier du nouvel
empereur Vespasien. Malheureusement
l'histoire, qui a consacré tant de pages à
César, a négligé de nous apprendre le
nom de ce gâte-sauce.

Il y a des lacunes inexplicables.

Le premier pas fait vers la perfection de ce produit, on ne tarda pas à y mêler des plantes aromatiques, des huiles, des épices, des essences.

Bientôt les propriétés digestives de la moutarde furent connues des plus pauvres comme elles l'étaient des plus riches.

La médecine avait depuis longtemps reconnu le concours curatif que pouvait lui donner le sénevé. Les applications, tant externes qu'internes, qui en furent faites au début, eurent des résultats si extraordinaires, si imprévus, que l'on pensait avoir trouvé la panacée universelle.

Non-seulement, disait Hippocrate, cette plante excite l'appétit; mais elle fait naître la gaîté, elle aiguillonne l'esprit, elle augmente la mémoire.

C'est en ce temps que prit naissance le proverbe « *Plus fin que moutarde* » que l'on attribue à Pythagore.

L'histoire de la moutarde se lie désormais à celle de la Rome des Césars.

Qui dit moutarde, dit civilisation. Pendant un millier d'années Rome impose ses lois à l'univers et avec ses lois sa cuisine. La moutarde est comme une marque de son passage; elle va devenir le palladium de sa liberté.

Les Barbares attaquent Rome et l'envahissent ; Rome se défend en apprenant à ses vainqueurs l'usage de la moutarde.

« Prends garde, fier Sicambre ! c'est un piége !! s'il te faut des douceurs

comme aux délicats, comme aux raffinés,
si les quartiers de sanglier à peine cuits
te semblent fades, tu n'es plus invinci-
ble; la moutarde va amollir ton courage
en caressant ton palais. »

Bientôt Rome a chassé les Barbares ; la
Gaule est vaincue, *les Gaulois se sont
amusés à la moutarde*.

Grands chasseurs et mangeurs intré-
pides les guerriers franks ont fait fête au
condiment pimenté dont ils emportent la
recette grossière dans leurs forêts. C'est
comme le signe de leur servitude pro-
chaine.

— Dis-moi quelle sauce tu prépares
et je te dirai quel peuple tu es.

La moutarde est la première concession
faite à la jouissance et à la mollesse, nos

aïeux vont suivre la pente fatale. On commence par crier vive la moutarde et on finit par vive le Roi.

Ceci n'est point un paradoxe, les vases pleins du produit tentateur servent de marchepied à la monarchie franke pour atteindre le bouclier triomphal des soldats farouches.

L'amour de la liberté va faire place chez nos barons du moyen âge à l'amour des franches lippées. *La science de gueule*, comme dit Montaigne, va occuper châtelains et papelards; les donjons et les moutiers vont poursuivre à l'envi le grand œuvre et le grand but : bien manger !

Moutarde ma mie, que tu vas subir de préparations!

Pendant les dix ou douze premiers siècles de notre histoire, le condiment reste
à l'état élémentaire ; on a pourtant es-
sayé de marier au sénevé, l'oignon, le
romarin, l'ail, l'huile, le miel et cent autres choses. Seulement la moutarde qui a
le caractère difficile probablement, s'ac-
cordait mal dans une union peu assortie
et divorçait bientôt.

Seul le vinaigre, dont le principe aci-
dulé entre mieux sans doute dans les
allures piquantes de la moutarde, est
resté conjoint fidèle.

Et depuis six ou sept cents ans l'union
n'a pas été troublée ; au contraire !

— L'amour, dit Victor Hugo, c'est être
« deux et n'être qu'un ; un homme et

» une femme qui se fondent en un ange ;
» c'est le ciel ! »

Le vinaigre et le sénevé sont unis de
cette façon : ils sont deux et ne font qu'un,
un liquide et une plante qui se fondent
en un condiment : c'est la moutarde !

Quel exemple pour les ménages qui,
depuis tant de siècles, se sont succédé
sur la machine sublunaire !

Il arrive alors au XIIIe siècle, qu'une
puissante corporation s'émeut de la fabrication trop répandue de l'aliment en
vogue. Les *vinégriers* jaloux obtiennent
de saint Louis, que ce trait dénonce autant comme un partisan du monopole que
comme un amateur de bonne moutarde
— le droit de fabriquer seuls le produit à
la mode.

3

En ces premiers siècles de notre France, tout était sujet à priviléges. Un usage dont nous trouvons des traces dans un écrit de l'époque laisserait même supposer que les maîtres d'hôtel des nobles sires, aussi bien que les ménagères des riches bourgeois de Paris, ne pouvaient avoir à leur fantaisie les ingrédients nécessaires à la confection des sauces, ragoûts et coulis, puisqu'il y avait des marchands de sauces toutes faites.

A l'heure des repas on entendait crier dans les rues de Paris :

— Sauce au verjus! sauce à la ciboule! sauce à l'ail! sauce à la ravigote et surtout : sauce à la moutarde !

C'est ce dernier cri qui donna naissance à ce dicton, signifiant que chaque pays a ses coutumes :

— *A Paris on siffle la moutarde, à Rouen on la crie.*

Il est bon de reconnaître que les proverbes ont de nombreuses obligations à l'image piquante de ce condiment.

En voici un fort ancien et non moins original.

> De trois choses Dieu nous garde,
> De bœuf salé sans moutarde,
> D'un valet qui se regarde,
> D'une femme qui se farde.

Et les proverbes — chacun le sait — sont la sagesse des nations !

§ IV.

300 litres de moutarde. — Un grade de Jean XXII.
La dévotion de Louis XI. — L'ambroisie du pape
Clément VII. — Henri IV et Mayenne. — Jeu de
mots de Rabelais. — La moutarde collaborateur
de Molière, de Corneille, de Beaumarchais, de
Jean-Jacques et de Voltaire. — La chanson de
Louis-Philippe. — Un héros de carnaval.

Revenons aux sauciers. Ils en fabri-
quaient, comme on le voit, de toutes sortes, mais la sauce à la moutarde était la
plus demandée.

Une preuve entre mille :

Dans le récit que fait un trouvère d'a-
lors, des fêtes données à Philippe de Va-

3.

lois à Rouvres, par le duc de Bourgogne,
Eudes IV, on relève ce caractéristique
détail qu'il y fut consommé, en un seul
jour, 300 *litres de moutarde.*

Et comment le succès de la moutarde
n'aurait-il pas envahi toutes les classes
de la société? Papes et rois, à l'imitation
de l'empereur romain dont nous avons
dit la chute, eussent volontiers fait des
bulles ou rendu des décrets en son honneur.

Et je ne plaisante en aucune façon;
c'est à la grave et sérieuse histoire que
j'en appelle :

Le pape Jean XXII raffolait à ce point
de la moutarde qu'il en mettait dans tous
les mets; il créa pour un de ses neveux
un emploi spécial, qui n'était pas une

sinécure; il le nomma son *premier mou-*
tardier.

Le dicton populaire *« se croire le pre-*
mier moutardier du pape, » date, comme
on le voit, de 1320.

Les chroniques du temps de Louis XI,
celles qui montrent l'ami de Tristan
quittant le sombre Louvre, pour aller
festoyer dans l'arrière-boutique de quelque marchand de la Cité, nous affirment
que le roi de France avait une dévotion
aussi grande à la moutarde qu'à la vierge
de plomb ornant son toquet de ve-
lours.

— *« Le roi,* y est-il dit, *emportait des*
» *cuisines du Louvre son pot de mou-*
» *tarde. »*

Cette affection royale ne pouvait-elle

pas être considérée comme de véritables lettres de noblesse.

Dans ce livre d'or nous trouvons encore le nom d'un pape, Clément VII, — de la maison de Médicis, — Périus Valérius, son historien, nous apprend que l'amour de la moutarde était développée à ce point chez le pontife, que sa préparation était un sujet d'émulation pour ses serviteurs.

Et dans son enthousiasme l'historien place le condiment au-dessus de l'ambroisie des dieux.

Nous pourrions ainsi multiplier les anecdotes historiques..

Henri IV, le Béarnais, dont les lèvres furent frottées d'ail à sa naissance, devait immanquablement avoir un faible pour les épices... Il en avait tant d'autres pour le cotillon?

Il conseillait plaisamment l'usage de la moutarde au gros duc de Mayenne.

— Elle excite à la marche, disait-il; lui qui est toujours en retard, cela lui serait d'un bon secours.

Mayenne était une trop belle fourchette pour n'avoir pas apprécié, sans les conseils du roi gascon, la saveur du condiment précieux. S'il n'avait pas l'esprit aussi lourd et la cervelle aussi épaisse que la bedaine, c'était, tout le fait supposer, à l'usage intelligent qu'il faisait de la moutarde.

On ne peut oublier dans ce rapide aperçu historique le pantagruélique Rabelais, qui a tant célébré la moutarde.

Dans sa dissertation sur les couleurs de Gargantua, il trouve le motif de ce jeu de mots :

« *Ung pot à moutarde, que c'est mon cœur à qui moult tarde!* »

Dans son histoire de Niphleseth « royne des andouilles » il décerne solennellement à son condiment préféré la dénomination plaisante et profonde de « *baume naturel et restaurant!*

Ainsi empereurs, rois, princes, prélats, hommes d'épée et poètes de génie ont sacrifié à la même idole... j'allais dire, ont trempé dans le même pot.

Et maintenant plus nous avançons dans la science, dans le progrès, dans la civilisation, plus la moutarde s'étend, se répand, du boudin de la chaumière à la venaison du palais. Son arome emplit l'atmosphère, son parfum caresse les lèvres du rustre et du gentilhomme.

C'est la première phase de l'égalité.

Les philosophes et les écrivains du grand siècle auraient pu en faire le thème de leurs protestations humanitaires, mais gagnés par sa saveur, ils se bornèrent à en faire les délices de leur table.

C'est donc en excitant leur appétit et partant leur bien-être, que la moutarde fut pour quelque chose dans l'œuvre de Corneille, de Molière, puis de Beaumarchais, de Jean-Jacques, de Voltaire.

Le XIXe siècle est commencé. L'égalité écrite dans la loi est entrée dans les

mœurs. Le bien-être devient un but accessible à tous; l'ouvrier, le pastour vont
avoir le nécessaire, puis le superflu : les
hors-d'œuvre s'ajouteront au menu du
pauvre, et ce n'est pas avancer une chose
légère de dire que le premier hors-
d'œuvre du paysan et de l'ouvrier ce fut
la moutarde.

Aujourd'hui ce hors-d'œuvre est devenu
une nécessité, comme le pain, comme la
viande.

Cette étude serait incomplète si la re-
lation d'une chanson célèbre n'y avait sa
place.

Le roi de la Charte venait de tomber
quand de Paris retentit un refrain populaire inexplicable, inexpliqué.

Ah ! le v'la parti
Le v'la parti
L'marchand d'moutarde.

Qu'est-ce que cela pouvait bien vouloir dire? Était-ce une allusion à l'*économie* trop connue du monarque et lui reprochait-on de n'avoir pas su à l'occasion imiter les savantes promesses d'Henri IV et sa poule au pot?

C'est à cette époque que le carnaval étant dans toute sa folle splendeur on voyait un masque, en chemise, se promener sur le boulevard, suivi d'une foule de gamins trempant, qui son pain, qui du boudin, qui du saucisson au pan du vêtement où s'étalait une provision de moutarde, souvent renouvelée.

Ce masque-là aussi s'appelait marchand de moutarde.

4

L'auteur de *Gargantua* avait depuis longtemps prévu cette scène un peu populacière, quand par une métaphore risquée il désignait certaine partie du corps :

— *Le baril de moutarde.*

§ V.

Gourmands et savants. — Une poignée de remèdes.
— Le siége de La Rochelle. — Une précaution
de Franklin. — Quelques dictons populaires. —
Dijon arriérée. — Hercule bourguignon. — Le
dictionnaire universel et M. Bornibus.

— Pour conquérir la popularité, a dit
un comédien célèbre, il faut avoir quelque chose dans le ventre !

La moutarde n'a donc pas traversé les
siècles, voyant sans cesse grandir sa vogue, sans avoir en soi les éléments de
cet universel succès.

Non-seulement les gourmands l'ont

fêtée mais la science lui a rendu justice. En effet, la moutarde n'est pas seulement un auxiliaire précieux et savoureux de la bonne chère, c'est encore une aide puissante de l'hygiène et de la santé.

On ne se doute pas ce qu'il y a de visites de médecins évitées dans un pot de moutarde.

Les savants collaborateurs du *Dictionnaire des sciences médicales*, MM. Loiseleur de Longchamps et Marquis, assurent avec l'autorité de leur profond savoir que la moutarde augmente l'énergie vitale, stimule les différents systèmes, active la plupart des fonctions, accélère le pouls. Diurétique et prédisposant à la transpiration saine et bienfaisante, elle précipite le jeu des muscles, en leur donnant comme un besoin de mouvement.

Les assaisonnements préparés avec la moutarde sont actifs et digestifs ; les tempéraments froids, faibles et humides y trouvent un secours hygiénique et sanitaire ; de même que c'est un puissant masticatoire pour les personnes menacées d'apoplexie ou de paralysie.

Le docte Mathiole affirme que cette semence pulvérisée unie au vinaigre — c'est-à-dire la moutarde comme on la manipule pour la table — prise intérieurement, neutralise le venin des potirons et des champignons.

Il ajoute qu'elle calme les maux de dents !!!

Comme on le voit, ce spécifique dont la

4.

nature est si prodigue a des qualités nombreuses, parmi lesquelles il convient de ne pas oublier celle qui fit le sujet d'un savant mémoire adressé à l'Académie des sciences par M. Duclos.

Cet auteur le recommande comme antiscorbutique.

M. Ray, dans son *Histoire des plantes*, raconte que durant le siége de La Rochelle ces semences réduites en poudre et incorporées dans du vin blanc, sauvèrent la vie à une foule de personnes atteintes du scorbut.

Ses vertus, à cet égard, étaient si parfaitement reconnues, qu'en Hollande, d'anciens règlements prescrivaient à tous les vaisseaux de s'en approvisionner.

Les premiers explorateurs du nouveau

monde ne négligèrent pas ce précieux
condiment ; et Franklin en avait fait une
provision spéciale lors de son malheu-
reux voyage au pôle nord.

La plaisanterie populaire a souvent aussi
rendu justice aux vertus de la moutarde.
C'est elle qui a lancé cette expression
usitée pour exprimer qu'une chose vient
quand elle n'a plus d'utilité :

— C'est de la moutarde après dîner.

C'est à cette même source qu'il faut
demander la raison de cette image si souvent répétée, quand un marchand suren-
chérit un objet, et que l'acheteur croi-
rait sage d'appliquer son argent à une
chose plus utile.

Ainsi on entend à la Halle :

— Trois francs, ce lapin-là ?... j'aimerais mieux trois francs de moutarde.

Les mille voix de la foule reconnaissent ainsi la supériorité et l'utilité affirmée du condiment plein de saveur.

Eh bien, c'est cet aliment si fêté, si acclamé, si répandu, si plein de parfum et de vertus hygiéniques, dont on a abandonné la manipulation pendant des siècles à l'incurie, à la négligence des plus vulgaires et des plus ignorants fabricants.

Son règne était assuré de telle sorte que ceux-là même qui s'enrichissaient, grâce à sa prodigieuse popularité, ne semblaient avoir aucun souci de sa gloire... ni de sa perfection.

Tandis que l'on s'ingéniait à créer des sauces, des coulis, des préparations culinaires qui sont des chefs-d'œuvre, la moutarde restait dans le *statu quo* des anciens jours. Elle n'avait pas progressé depuis que saint Louis en avait fait un monopole.

Sa fabrication qui devrait être un art était restée un métier accessible au dernier manœuvre.

Dijon, qui bien avant le XIIIe siècle avait accaparé ce monopole, si on s'en rapporte à ce vers des *Proverbes* de Jean Millet :

Il n'est moutarde qu'à Dijon.

Dijon a dormi pendant plus de six cents ans sur ses deux oreilles ; satisfaite de la gloire qui rejaillissait sur son blason elle ne cherchait par aucun effort à mériter cette insigne faveur.

La manière de faire la moutarde en était encore il y a trente ans à ces premiers errements du moyen âge.

Le fils avait pris le fonds de son père qui le tenait de son aïeul, et ainsi de suite, sans qu'aucun eût songé à apporter quelque amélioration à l'outillage ou à la manipulation.

Depuis longtemps les contrefacteurs — et ce qui est pire, les sophistiqueurs — faisaient une formidable concurrence à l'antique renommée de la moutarde dijonnaise.

La vieille devise des ducs de Bourgogne, *moult me tarde*, menaçait de devenir bientôt une curiosité archéologique. Tout était perdu..., même l'honneur.

C'est alors qu'un enfant de la Bour-

gogne s'avisa de vouloir rendre à la moutarde son ancienne splendeur, et de dé-
tourner le fleuve du progrès pour nettoyer
les écuries d'Augias des industriels in-
terlopes qui encombraient la place.

Et voici à ce sujet ce que dit un écri-
vain honnête, consciencieux, l'auteur
de l'Encyclopédie la plus complète que
possèdent les lettres : Pierre Larousse.

Je copie le *Dictionnaire universel* à l'ar-
ticle Moutarde.

« Un Bourguignon plus avisé, plus in-
» génieux et plus osé que tous ses con-
» frères, imagina qu'il serait avantageux
   de perfectionner les anciens ustensiles
» ou plutôt de les transformer.

» Paris seul pouvait lui offrir un déve-
» loppement sérieux ;

» Il y installa une usine ;

» Et devint bientôt le premier et le
» plus important des fabricants de mou-
» tarde.

» Le nom de Bornibus est déjà fameux
» en Europe.

» Il ne tardera pas à devenir univer-
» sel.

» Cet industriel est venu en son temps.

» Les amateurs étaient fatigués des
» produits sophistiqués qu'on leur ser-
» vait depuis trop longtemps.

» La marque dijonnaise n'était même
» plus pour eux une garantie.

» Bornibus et ses procédés perfection-
» nés de fabrication de « *moutarde na-*
» *ture* » furent accueillis avec faveur.

» Paris le considéra comme son four-
» nisseur assermenté.

» Nos experts, en l'art culinaire, se mi-
» rent à le vanter et des poëtes chantè-
» rent la moutarde Bornibus.

» Alexandre Dumas, dans son *Diction-*
» *naire de cuisine,* ne lui a pas consacré
» moins de cinq cents lignes.

» Et Charles Monselet appelle Bor-
» nibus le « Colmann français » (Col-
» mann est le plus grand producteur du
» Royaume-Uni).

» Bornibus est donc décidément une
personnalité. »

Voici où en est aujourd'hui l'histoire
de la moutarde. Un homme de progrès
est venu. Le succès lui a répondu, im-
mense, inouï, inespéré.

5

Bientôt, le nom du fabricant fut accolé à celui de son produit par les estomacs reconnaissants et aujourd'hui, des steppes de la Sibérie aux déserts du Sahara, des banquises du pôle nord aux ardeurs du pôle sud, tout ce qui est civilisé, tout ce qui apprécie un repas bien ordonné, se délecte avec la moutarde Bornibus.

§ VI

L'outillage et la mouture. — Galanterie et fabrication. — La moutarde des dames. — Le pot pneumatique. — Briquettes pour l'exportation. — Récompenses nationales et internationales. — Le brevet d'honneur. — La reconnaissance de l'estomac.

M. Bornibus est l'inventeur de son propre outillage ; il obtient la mouture et le tamisage de ses produits avec une vélocité prodigieuse et c'est une des conditions essentielles de la conservation de l'arome et des qualités de la graine de sénevé.

Et cependant M. Bornibus ayant obtenu la qualité, la beauté, l'arome, la finesse et la saveur réunis à l'extrême bon marché, n'a pas cru avoir tout dit dans son industrie.

C'est non-seulement un savant et un mécanicien habile mais c'est encore un galant homme, M. Bornibus. Il a pensé au palais délicat du beau sexe.

La *moutarde des dames* dont il est l'inventeur, tout en réunissant les qualités apéritives du condiment ordinaire, possède un goût plus velouté, moins âpre, moins piquant ; elle donne à la bouche délicate une fraîcheur délicieuse et aux mets qu'elle accompagne une saveur parfumée.

Ayant fait de ces produits une étude patiente, continuelle, réfléchie, rien ne semble avoir échappé au fabricant populaire. Les pots, les vases mêmes qui renferment le produit ont été l'objet de ses soins. M. Bornibus a imaginé le *pot pneumatique*, conservant la fraîcheur, l'arome, la force, la limpidité de la moutarde.

Enfin, jaloux de sa réputation et de sa vogue, à l'étranger et au-delà des mers, M. Bornibus a trouvé un procédé simple et économique d'expédier son produit et de braver toutes les températures. Au moyen d'un appareil de sa création qui figure à notre exposition maritime au palais de l'Industrie. La farine de moutarde est transformée en briquettes solides et compactes, recouvertes de papier d'étain. On gratte le produit sur son assiette, on ajoute une goute d'eau

5.

et le condiment devient savoureux et
parfait.

Ne voilà-t-il pas, en quelque années, la
brillante histoire de la moutarde éclipsée
par ce rénovateur.

Les récompenses nationales l'ont payé
de ses efforts, de ses travaux, de ses re-
cherches.

Tous les produits de la maison Bornibus ont été honorés de médailles d'or,
d'argent, de bronze ou de diplômes
d'honneur.

La vinaigrerie modèle, les conserves,
la moutarde des amateurs, la moutarde
spéciale pour l'exportation, la moutarde
des dames, ont tour à tour fixé l'atten-
tion des commissions savantes et des
gourmets dégustateurs.

On lisait dans la *monographie de la moutarde* (Dentu, 1867) :

« Tout ce que M. Bornibus se croit en droit de revendiquer, c'est d'avoir créé dans la fabrication de Paris une spécialité susceptible d'un développement indéfini ; c'est en un mot d'avoir frayé une voie neuve.

» D'autres fabricants s'inspireront de son exemple : la lice est ouverte à tous; tous peuvent la parcourir et se disputer la palme sans nuire à leurs intérêts. A la rescousse donc, moutardiers parisiens, dijonnais, bizontins, et de tous les points de la France! — Luttez d'intelligence, d'activité et de bonne fabrication, et le public, juge impartial et consciencieux, saura bien apprécier vos produits ! Plu-

sieurs d'entre vous ont une vieille réputation à soutenir; d'autres ont leurs éperons à gagner ; que chacun fasse son devoir, et la moutarde française est sûre de remporter une éclatante victoire sur ses concurrentes étrangères. »

Et vaillamment, payant d'exemple, M. Bornibus se présentait à l'Exposition universelle (Paris, 1867) et il obtenait sa première médaille pour son tamis multiple.

Au Havre, en 1868, il obtient deux médailles.

Ses succès continuent à Lyon et à Marseille, une médaille d'or; à l'Exposition gastronomique de Paris, en 1873, médaille d'or.

Combien de diplômes d'honneur lui

ont été décernés par l'élite de nos savants gourmets.

A l'étranger ses succès se suivent ; à Amsterdam, à Altona, à Naples, à Trieste, les récompenses favorisent le produit.

Enfin à Vienne, Exposition internationale, les commissions savantes l'honorent de la médaille du progrès ; et le jury français confirme cette haute récompense en lui décernant une médaille d'honneur.

L'infatigable fabricant ne s'endort pas sur ses lauriers ; malgré ses succès constants, il scrute... et il trouve. Que lui importe la louange et le triomphe, il ne se contente jamais ; et le voilà poursuivant la route qu'il s'est tracé.

Un mémoire sur les perfectionnements

*apportés dans la fabrication de la mou-
tarde, par M. Bornibus,* a été présenté à
l'Académie des sciences, au palais de
l'Institut de France, dans la séance du
30 mars 1874.

Tant d'efforts, de travaux, ne font pas
perdre de vue à M. Bornibus, le côté
pratique de l'installation de son usine.
Aujourd'hui la fabrique de moutarde
nature de M. Bornibus est la plus im-
portante de celles que possède Paris
et la France. Ses sous-sols spacieux, ses
caves et son usine si bien installés, la
perfection des appareils, — dont il est
le créateur, — lui ont permis de résou-
dre le grand problème : faire bon marché, beaucoup, bon et beau.

L'histoire de la moutarde s'arrête à

ces couronnes industrielles, qui lui assurent le premier rang dans l'alimentation moderne.

Comme les brillants états de service
du soldat prouvent son courage et sa
vaillante conduite, ces brevets d'honneur de l'industrie sont les lettres pa-
tentes du succès, méritées par la bonté, la
supériorité et l'extrême bon marché de
la moutarde Bornibus.

Le fabricant honoré de ces distinctions
peut s'en prévaloir.

M. Bornibus sait bien qu'à défaut de la
reconnaissance du pays, dont il soutient
la supériorité, dans sa sphère, il peut
compter sur la reconnaissance..... de
nos estomacs.

PARIS. — IMPR. DE E. DONNAUD, RUE CASSETTE, 9.

www.ingramcontent.com/pod-product-compliance
Lightning Source LLC
Chambersburg PA
CBHW070814260626
47161CB00006B/2279